■한국문학예술가협회 서울 경기지회 시화전 작품집

깊어가는
어느 가을날

성동제 외

도서출판 글벗

인사말

 공포스러운 코로나가 잠잠해지더니 날씨가 그 자리를 매
웠습니다. 역대급 더위가 책상에 앉지 못하게 했고 열대
야는 생각까지 흔들어 놓았습니다. 지독한 여름에 밀린
가을이 다소 늦어지긴 하였으나 오긴 왔나 봅니다.
 멋스럽고 고운 계절입니다. 숲나무의 가지마다 맨드리
고운 열매들이 가득합니다. 그들 특유의 몸자랑하면서 건
들마에 흔들리고 있습니다. 풍요가 넘치고 있습니다. 벅차
오르는 열정이 내버려 두지를 않습니다. 냅뜰성이 가만있
지 않습니다. 의욕이 고개를 내밀어 붓을 잡으라고 부추
깁니다. 간절함이 묻어나는 시절입니다.
 이제는 결실의 계절이라 수확만 남았습니다. 건들마가
시원스레 부추기고 있습니다. 기회의 가을이 온 것입니다.
예능인들에겐 이만한 축복의 절기가 그리 쉽지 않을 것입
니다. 이토록 짜임새 있는 계절에 훌륭한 분들과 함께 시
『와 음악』을 갖게 되어 기쁨이 뿌듯합니다.
 이번 잔치를 곁꾼하시고자 귀한 시간을 내어 주신 음악
인 여러분에게 깊은 감사를 드립니다. 우리 지회의 사무
총장이신 최성복 시인과 연이 닿아 승낙해 주신 줄로 알
고 있습니다. 고맙고 감사합니다. 최성복 사무총장님에게
도 회원들이 마음을 모아 감사의 뜻을 전합니다.

시화전과 낭송회를 동시 갖기는 이번이 세 번째이며 음악을 접목하게 되어 마음 떨림이 여간 아닙니다. 그래서 더욱 설레는 마음입니다. 그분들께서 이 자리를 더욱 담감하게 꾸밀 것이라는 확신이 올곧게 자리매김하고자 하는 것은 미래에 대한 기대감일 것입니다.

어려운 일은 가을에 하라는 말이 있습니다. 저는 달리 말합니다. 재능보다 가슴으로 하는 예술은 가을이 적격이라고 말하고 싶습니다. 가을엔 가슴이 풍요해지기 때문입니다. 그래서 인 지 누군가가 이렇게 말했다고 합니다. 천고마비면 투필성자投筆成字라 하였답니다.

하늘이 높고 말이 살찌는 가을에는 붓을 든지면 글자가 된다는 뜻일 것입니다. 저는 이를 두고 투필성자를 달리 일러 투필성문投筆成文(붓을 든지기마 문장이 된다.)이라 하고 싶습니다. 그리고 그림을 그리는 분들에게는 투필성화를. 음악을 하는 예능인들에게는 개구성음開口成音(입을 열기만 하여도 음악이 된다.)라는 의미를 부여하고 싶습니다.

자신들의 분야가 하늘의 뜻으로 여겨 천부적 재능을 실팍지게 행하시는 많은 분들에게 기립 박수를 올립니다. 이번 행사가 이번으로 끝나지 않기를 거지없이 바라는 마음입니다.

이 가을에 냅뜰성 있는 예능의 넋이 살아 숨 쉬게 되기를 기원합니다.

2024년 회장 성동제

차례

■ 제2회 봄 시화전 작품 - 봄이 오는 소리

■ 제3회 가을 시화전 작품 - 깊어가는 어느 가을날

○ 시민들과 함께 하는 시화전 한마당 축제

■ 제3회 가을 시화전 행사 참여 가수

제1회 가을 시화전

낙엽이 지는 길목에서

서울·경기지회 회원 시화전

한국문학예술가협회 서울·경기지회

모시는 글

가을의 멋과 아름다움이 가득한 10월에 한국문학예술가협회 서울·
경기지회에서 현역시인들의 시화전을 아래의 장소에서 개최합니다.
많은 관심과 사랑 부탁드리며 따뜻한 마음으로 초대합니다.

일정 : 2023년 10월 10일 ~ 2023년 11월 10일
장소 : 경기도 남양주시 사릉로58번길 4-14(지번 : 금곡동 402)

전화 : 031-591-2850
성동제 회장 : 010-2498-3004
안주수 부회장 : 010-5261-8562
박순영 재무간사 : 010-5227-6338
최성복 사무국장 : 010-5684-1725

주관 : 한국문학예술가협회 서울·경기지회
후원 : 황금소 카페 임달영 시인

■ 제1회 가을 시화전
– 낙엽이 지는 길목에서 행사장 입구

시민들과 함께하는 시화전
한마당 축제 전시 계획서

1. 전 시 명 : 낙엽이 지는 길목에서
2. 전시 기간 : 2023. 10. 11. ~ 11. 19.(6주간)
3. 제안 사유 : 일상생활에서 문학인과 일반 시민들이 함께 숨 쉬는 축제가 없었고 항상 그들만의 잔치로 끝남이 아쉬웠던 마음에 일반 시민들이 평소 어렵게 만 느끼던 시를 편하고 쉽게 다가서기 위해 유명 현역 시인 및 현역 화가의 시화전 한마당 축제를 제안합니다.
4. 사업내용
 1) 주관자 및 후원자
  주관자 : 한국문학예술가협회 서울경기지회
  후원자 : 황금소 카페 갤러리 임달영 시인
 2) 전시 분야 및 예상 작품 수량
  현역 시인 시화 작품 및 현역 화백 회화 작품 약 30편 전시
 3) 장소: 황금소 카페 갤러리 임달영 시인
 4) 축제 내용
 - 시인 시화 및 화백 회화 작품 전시

- 한국문학예술가협회 서울경기지회 시인 전시 시화 낭독 및 낭송시 동영상 배경음 활용
 - 일반 시민 시 백일장 체험 한마당 개최로 우수 작품 선정하여 한국문학예술가협회 주관으로 시인 등단 후원
 - 전시되는 작품 전량 엽서 제작, 시화전 홍보물 활용 무료 배포

5. **사업효과** : 유명 현역 시인들의 시화 전시와 낭독으로 평소 어려워서 제대로 접하지 못했던 시의 세계를 현장에서 직접 만나고 대화 함으로써 외면받고 있는 문학을 대중 속으로 파고들어 앞으로 지속적인 축제로 거듭나는 시와 감성이 흐르는 한마당 축제의 시초가 될 것입니다.

한국문학예술가협회 서울경기지회
회장 성 동 제

2023년 10월 10일

한국문학예술가협회 서울 경기지회 전시회

○ 시화전명 : 낙엽이 지는 길목에서
○ 주관자 : 한국문학예술가협회 서울경기지회
○ 후원자 : 황금소 카페 갤러리 임달영 시인
○ 전시 기간 : 2023.10.10.~11.19.(6주간)
○ 전시작품 수 : 30편
○ 전시장소 : 황금소 카페 갤러리
○ 전시내용
－시인 시화 및 화백 회화 작품 전시
－한국문학예술가협회 서울경기지회 시인 전시 시화 낭독 및 낭송시 동영상 배경음
－전시되는 작품 전량 엽서 제작 시화전 홍보물 활용
○ 전시회 평가
 열려있는 카페 갤러리에서 시화전 명 "낙엽이 지는 길목에서"를 개최 현역 시인들의 출품 시 낭송과 전시된 작품 전량 엽서 제작하여 무료 배부함으로써 일반 시민들의 호응도가 높았습니다.
특히 현역 시인과 일반 시민들의 대화를 통해 "시"라는 이름의 문학의 감성을 조금 더 가깝게 호흡하였던 기간이라 자축해 봅니다.

기억 저편

구본희

그날
벼랑에 핀 나리꽃이
검은 바다로 떨어지며
모든 것을 고요 속에 묻었다

뒤돌아 침묵하면서
사랑은 결별로 강요당하고
고통마저 긴 그림자로 화석이 된 채
삶은 더 척박해졌는지 모른다

외로움을 이야기하기엔
젊음이 너무 창창했고
시간을 가둔 어두운 감옥에서
네가 그토록 소리쳐 외친 것은 무엇일까

공허한 외침은
자모음으로 날날이 흩어져
목숨 같은 진실마저
땅 속 깊이 사장(死藏)되는데

기억 저편의 전설은
나리분지 너머
성인봉 정상을 휘돌며
사나운 눈발을 뿌려대고 있다

늘 겨울이다

이제 나는
나를
계절 속에 가두지 않으리라
또 결심한다

송광사 대웅전 돌층계에 앉아 구본희

송광사 대웅전 돌층계에 앉았습니다
저만큼 와 있는 봄빛이
산사의 처마 끝에 가까와집니다

처음 이 돌층계에 앉았던 기억이
갓 스무 살 여름이었습니다

한차례 쏟아진 장대비가 그친 저녁,
피어오르는 운무가 산사를 서서히 감싸오고
저녁 예불을 알리는 범종 소리가
절 뜨락을 건너오고 있었습니다

처음 듣는 범종 소리에
온몸과 마음이 완전히 스며들어
이대로 삭발을 하고 출가를 할까
심각히 고민했던 청춘의 시간.

사십오 년이 지나
그 자리에 다시 앉았습니다

그사이 나는,
남편과 아들과 딸과 며느리와 사위와
천사 같은 손녀들이 생겼고
국어 선생님으로 정년퇴직을 했으며
감출 수 없는 흰 머리와 관절염의 통증이
친근하게 되었습니다

범종 소리는
여전히 내 가슴에 깊이 와닿습니다
청춘의 무모한 출가를 부추기는 것이 아닌,
반세기 가까운 세월을 그래도 잘 살아왔다는
넉넉한 위로의 소리입니다

송광사에서 나오는 길,
인생은 한여름 저녁 피어오른
운무와 같다고 생각하면서
수십 년 전 길을 밝혀준 반딧불은 없어도
함께 늙어가는 남편의 듬직한 손이
나를 이끌어 주고 있습니다

그윽한 천하

김애숙

며칠 비가 오고 기온이 뚝
떨어지더니 밤하늘이 부쩍
광활하고 푸르러졌습니다

머리 위 별빛을 향해 손을 흔들면
곧 누군가 반가운 수신호라도
보내올 듯합니다

서녘에는 -
세상 소식 궁금하셨나?
유난히 크고 조명등인 양 가까이
우리 마을과 운동장을 물끄러미
내려다보는 둥근 달

멈추고 서서 가만히 마주 봅니다
설레어 둘러보니
그윽한 천하
야외무대에

그와 나 서성이며
서로 떠나지 못해
하릴없는 가을밤이
깊어갑니다

단풍 : 조건과 감상

송광 노진덕

이왕이면 산등성이 쪽
조금은 비탈진 곳
군데군데 큰 바위도
한자리 차지하고, 거기에

큰 나무건 작은 나무건
붉거나 노랗거나
아무 상관 없이
그렇게 어우러져 있다면

푸르고 맑은 하늘만
고집하지 말자, 때로는
구름과 비와 바람도
좋은 감상을 보태준다

부릅뜬 눈을 잠시 멈추고
가끔은 눈을 감고
때로는 실눈으로
조금은 멀리서 바라보자

참 좋은 너

송광 노진덕

덜컹거리는 그 길을
탓하지 않았다
멈추어선 안 되었기에

앞서가지 못해도
부끄럽지 않았다
삶이 바로 여기에 있었으니

천만 근 눈꺼풀
가쁜 숨 단내도
아름답고 향기로웠으니

가슴 깊숙이 간직한 말
꼭 전해주고 싶은 말
난 네가 참 좋다.

마음의 날개

박영순

내 마음속 날개는
훨훨 창공을 가로지르는
비둘기도 되고
바람과 한 몸 되어
갈라진 논바닥에 단비가 되어 내리고
땡볕에서 김매는 농부에겐 시원한 바람으로
원두막에 모여 수박 먹는 가족에겐
새하얀 뭉게구름으로
고기 잡는 어부들에겐 잔잔한 물결로
사랑하는 남녀에겐 함박눈으로
귀여운 아가에겐 영징한 햇살로 난다.

화 수 부 두

박 혜 성

슬픔이 차올라
턱밑이 조여지면 화수부두에 가자

나즉이 엎드린 작은 창문
문 열면 드러나는 감추지 못한 비애
내복바람의 할배는 구겨진 담배를 물고
깊은 한숨을 풀어 올린다

비는 추적이고
술잔 위 긴 한숨처럼 고이는 운무

길은 끊겨 더 나아가지 않는데
이 밤 낚싯대를 드리우고 꿈꾸는 이들이 있어
외롭지 않다

소금 냄새 밴
미로 같은 골목
슬그머니 다가온 초저녁 달이
부두의 낚싯줄에 힘을 보탠다

* 화수부두 : 인천 동구 화수동 311

황소와 부림꾼

성동제

어쩌다 연이 닿아
"이랴이랴"
"워 워워"

한평생
함께 해도
이 말이면 족한 걸

사람들
개개는* 말투
자발없게* 만든다.

단풍

안 주 수

북에서 남으로 위에서 아래로
붉은
거꾸로 타 내려온다.
연기도 없이

타는 불에
묵은 마음을 태우려 산에 오른다.

순리에 따라 위로 오르는데
설렘은
곁에서 안으로 타 들어온다.
슬픔이 가슴을 치도록

누굴까?
푸른 잎을 살라 연기 없이 태우고
재 한 줌도 야박한 인정은

아직도 어머니는

범송 이철현

어머니 이마에 새겨진 오랜 세월엔
아득한 내 유년의 바람 소리 들려온다
이 봄녘 고향 언덕 넘어서면
어머니의 나직한 목소리
귓가에 차고 넘친다

늘 황혼을 곁에 끼고 들어서시던 어머니
힘없는 호미자루를 받아들면
내 이마를 다정히 쓸어주시던
그 고운 눈썹의
아버지 없는 빈자리 메우시던 눈물이
내 가슴에 차고 넘친다

쓰러져 가는 사립문 살며시 밀치면
벌판 끝에서 달려오던 어머니 목소리
오늘은 빈 벌판에 황혼만 저물고 있다.

나이야가라

이현수레지나

갱년기에 혼자서 가는 여행
나이야가라

나는 엄마 아닌 나를 찾고 싶어
세상은 호기심천국

나이를 잊고 싶은
나이야가라 청춘

황홀한 노년

이현수레지나

치매라고 비웃지 마라
나는 돌아가리라
늙으면 아이 된다고.

내리사랑은 끔찍하더구나
부모도 자식처럼
사랑받고 싶구나

저 단풍을 보거라
너도 일몰처럼 사라지니

단꿈 같은 인생이
황홀하기 그지없구나

쌍성과 행성상성운

전광선

별빛 가득한 밤하늘
별들의 뜨거운 열기
동반할 짝별을 찾는가

무곡성(武曲星, Mizar)
문곡성(文曲星, Megrez)
탐랑성(貪狼星, Dubhe)

유난히 빛나는 별들
이미 쌍성* 이루고
웃음소리 들리네

달아오른 기쁨의 긴 세월
적색거성 거쳐 행성상성운*
짝별마다 공들인 고유한 작품

우주의 시공간 끝없는 갤러리에
한계를 초월하는
상상의 극치여.

*쌍성(雙星, Binary Star): 두 개의 별이 공통적인 질량중심을 가지고
공전하는 항성계이다. 천문학자들의 연구에 의하면 쌍성의 짝별은 성운의
모양을 만드는 데 영향을 미친다고 한다.

*행성상성운(行星狀星雲, Planetary Nebula): 발광성운의 일종으로,
늙은 적색거성의 외피층이 팽창하여 형성된 전리 기체들로 이루어져 있다.
모양이 대부분 비대칭으로 독특하고 다채롭다.

저녁별

전광선

물구나무 자세로
행성 모양의 먹이를 뒷발로 굴려 가는
쇠똥구리처럼 종일 힘든 노역을 마친 태양이
숨을 고르며 석양에 머뭇거릴 즈음

어두움을 기다리던 저녁별이
하나둘 기지개를 켜고
넓게 펼친 새까만 캔버스에
자유로이 그림을 그린다

오늘 저녁엔 초승달 아래로
조심스레 모습을 드러내는 금성
점점 또렷해지는 저녁별 가까이
토성이 따라와 발걸음을 맞추니

어느덧 하늘에 가득한 별
저마다 별자리 찾아 자리 잡고
오랜 시간 넓은 공간에 그려온 긴 역사
오늘 밤도 별자리 운행이 평화롭다.

20230123

단초

해동 최선동

가시버시 아름답게
포옹하듯 밤을 포옹하고
낮의 밝음 속에 드러났던 나를 감추는 밤

꿈속의 꿈은
희나리 불 속에 던져지면 활활
생의 단초는 어제였고 오늘이고 내일일 것이다.

걸음 속에 다가오고
스쳐 가고 지나가는
행인들과 시간들은 시나브로 구름 흐르듯

어제를 걸었고,
오늘을 걷고, 내일을 걸을 적에
태양과 구름과 비바람도 동무가 되고

이런 모든 것을 예그리나 받아들이면
발걸음이 좀 더 가뿐히 옮겨지려나,

발걸음 속에 가리사니 움트면
그대로 걷는 그것이 오늘이리라

오늘이 내일이라고 이야기하는
생각의 실타래는 정녕 옳을 것이라고.

가시버시 : 남편과 아내
희나리 : 덜 마른 장작
시나브로 : 모르는 사이에 조금씩 조금씩
예그리나 : 사랑하는 우리 사이
가리사니 : 사물을 판단할 수 있는 지각이나 실마리

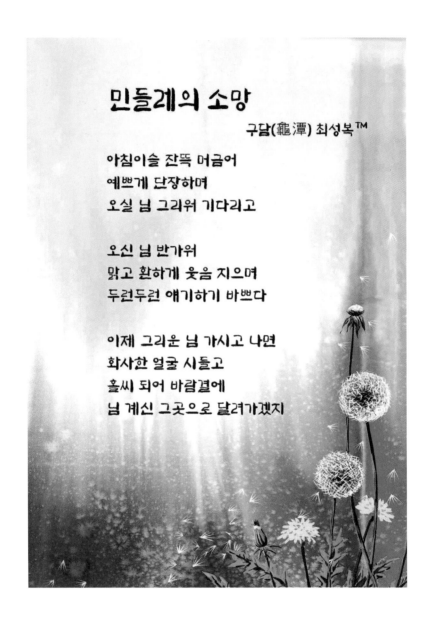

민들레의 소망

구담(龜潭) 최성복[TM]

아침이슬 잔뜩 머금어
예쁘게 단장하며
오실 님 그리워 기다리고

오신 님 반가워
맑고 환하게 웃음 지으며
두런두런 얘기하기 바쁘다

이제 그리운 님 가시고 나면
화사한 얼굴 시들고
홀씨 되어 바람결에
님 계신 그곳으로 달려가겠지

붉은 노을

구담(龜潭) 최성복™

해 질 무렵 서녘 하늘가에
살포시 첫사랑 미소처럼 나타나 얼굴 붉히며
방긋 웃고 눈 깜짝할 사이 사라져버려
기억마저 가물가물한 그대 얼굴

서산마루 걸터앉은 둥근 그대 얼굴
먼 기억 속 그리운 님의 미소처럼
붉어진 얼굴 가슴속 깊이 옹이 되어 파고들고
아릿한 가슴앓이 속 그대는 거기에 있네

서서히 흐릿해져 가는 붉은 노을
눈가에 그득히 고여있는 눈물 때문일까
심연의 깊은 바다에 묻혀가기 때문일까
첫사랑 미소처럼 붉어진 노을은
바람결에 흩어져간다.

어둡고 어두워질수록 달은

구담(龜潭) 최성복[TM]

달은 결코 혼자서는 밝아지지 않았다
햇살 가득한 하늘 아래 희미하게 잊혀지는 존재

달은 환한 파란 하늘을 꿈꾸었지만
자신은 점점 사라지고 존재감마저 없어졌다.

달은 붉은 노을 지는 초저녁 몸부림치며
흩어지는 정신 마지막 힘을 다해 붙잡았다

어둠이 밀려오는 그 순간
달은 서서히 정신을 차리고
깊은 심연의 늪에서 눈을 뜬다.

달은 어둠이 짙어질수록
차가운 존재감을 나타낸다.

깊은 어둠 속
차가운 미소 가득 입가에 머금고
어두운 밤하늘 비추며 잊혀진 서러움 토해낸다.

달은 어둡고 어두워질수록 더욱 환하게 웃는다.

취객 개론학

구담(龜潭) 최성복[TM]

한 잔의 술에 쪽배 홀러가고
술잔을 들고 들이키니 후끈한 열기 가득

또 한 잔의 술에 어리는 둥근 얼굴
술잔을 들고 들이키니 달궈지는 심장이여

술 위에 흔들리는 구름도
취한 듯 이리저리 흔들리며 몰려다닌다.

구름도 들이키고 달도 들이키니
이곳이 어디인가 저곳이 어디인가

돌고 도는 세상 구름 위로 걸어가듯
갈팡질팡 춤사위 요란하다

파 꽃

홍지은

촌스런 계집아이처럼
뾰조름 내민 수줍은 얼굴은
서릿발 풀린 하얀 달빛에 빛은 꽃
오뉴월 솜털 솟은 텃밭에
허수아비 반겨
삼삼히 묻어나는 엄니처럼
뙤약볕에 종일 흰 수건 덮어쓰고는
풍년 들 거라 기도하는
이제 껍질을 벗어
서걱거리는 치마폭 담아낸 속내
봉오리마다 웃음으로 벙그는
아침 같은
생큼한 파 꽃입니다.

※ 서울지하철 응모 당선(2017~ 2019년)
　강남 고속터미널역, 사당역, 광흥창역에 게재되었던 시.

사랑은 깊어가고

황달영

빨강 봉숭아꽃 손톱에 물들 때
나는 그대 옆에 지긋이 앉아 있으리라

여름날
시원한 바람 이는 곳에
평상에 누워 당신을 맞이하리다

바람이 일고 가랑잎이 지는 걸 보며
따듯한 커피 마시며
당신과 이런저런 이야기 나눌 것이다

찬 서리가 내리고 소복이 쌓인 눈을 밟으며
당신이 수다 떨고 깔깔거리며
웃는 손등 매만져 줄 것이다

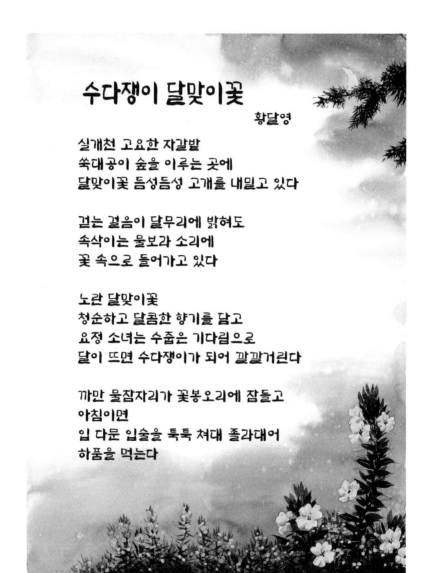

수다쟁이 달맞이꽃

황달영

실개천 고요한 자갈밭
쑥대공이 숲을 이루는 곳에
달맞이꽃 듬성듬성 고개를 내밀고 있다

걷는 걸음이 달무리에 밝혀도
속삭이는 물보라 소리에
꽃 속으로 들어가고 있다

노란 달맞이꽃
청순하고 달콤한 향기를 담고
요정 소녀는 수줍은 기다림으로
달이 뜨면 수다쟁이가 되어 깔깔거린다

까만 물잠자리가 꽃봉오리에 잠들고
아침이면
입 다문 입술을 툭툭 쳐대 졸라대어
하품을 먹는다

너를 그린다

시와그림 조무환

네가 쓰던 크레파스로
너를 그린다
네 손가락이 뭉갠 빛깔들로

색깔을 들춰낼수록
부서지는 말 조각
목숨으로 배운
오금어론도
더는 둘러모을 수 없는
사랑

크레파스 응당 끝으로
나의 그리움을 부러뜨리며
아스라이 다가서는
네 얼굴

제2회 봄 시화전

봄이 오는 소리

■ 제2회 봄 시화전 작품 - 봄이 오는 소리

시민들과 함께하는 시화전 한마당 축제
전시 계획서

1. 전 시 명 : 봄이 오는 소리
2. 전시 기간 : 2024.4.12. ~ 4. 25. (2주간)
3. 제안 사유 :
일상생활에서 문학인과 일반 시민들이 함께 숨 쉬는 축제가 없었고 항상 그들만의 잔치로 끝남이 아쉬웠던 마음에 일반 시민들이 평소 어렵게 만 느끼던 시를 편하고 쉽게 다가서기 위해 유명 현역 시인 및 현역 화가의 시화전 한마당 축제를 제안합니다.
4. 사업내용
 1) 주관자 및 후원자
    주관자 : 한국문학예술가협회 서울경기지회
             서울시설공단
    후원자 : 을지로지하상가 운영위원회
 2) 전시 분야 및 예상 작품 수량
 -현역 시인 시화 작품 및 현역 화백 회화 작품으로 약 40편 전시

3) 봄이 오는 소리 시화전 한마당 축제 장소
　　서울시설공단 을지로 아뜨리애 갤러리
4) 봄이 오는 소리 시화전 한마당 축제 내용
－ 시인 시화 및 화백 회화 작품 전시
－ 한국문학예술가협회 서울경기지회 시인 전시 시
화 낭독 및 낭송시 동영상 배경음 활용
－ 일반 시민 시 백일장 체험 한마당 개최로 우수
작품 선정하여 한국문학예술가협회 주관으로 시인
등단 후원
－ 전시되는 작품 전량 엽서 제작 시화전 홍보물 활
용 무료 배포
5. **사업효과** : 유명 현역 시인들의 시화 전시와 낭독
으로 평소 어려워서 제대로 접하지 못했던 시의 세
계를 현장에서 직접 만나고 대화 함으로써 외면받고
있는 문학을 대중 속으로 파고들어 앞으로 지속적인
축제로 거듭나는 시와 감성이 흐르는 한마당 축제의
시초가 될 것입니다.

한국문학예술가협회 서울경기지회
회장 성 동 제
2023년 12월 15일

을지로 아뜨리애 갤러리 대관신청서

※ 빈칸에 내용을 작성하시고, 해당□항목에 √표시 해 주세요

신청인	단 체 명	한국문학예술가협회 서울경기지회	대표자 성명	성 동 제
	이 메 일	muahani@naver.com	전　화	010-5684-1725
	주　소	경기도 남양주시 불암산로59번길 38 104호		
	담당자 성명	최 성 복	담당자 이동전화	010-5684-1725

전시개요	대관기간(희망)	24 년 04 월 12 일 ~ 24 년 04 월 25 일		
	전 시 명	봄이 오는 소리		
	전시 취지	시화 전시와 낭독으로 감성이 사라져가는 현실에서 현역 시인과 일반 시민의 감성교류 및 한마당 어울림 축제		
	주최 / 주관	한국문학예술가협회 서울경기지회		
	전시 분야	시화	전시작품 수량	작품규격:3절지 (48x65cm) 40편
	기타 사항	시화 전시 기간 간단한 음향기기 및 테이블 사용, 행사기간 중 일반 시민 참여 백일장 개최 협조 요청		

첨　부	1) 전시 계획서 1부 (2p이내 자유양식) 2) 전시관련 경력소개서 1부 (자유양식) 3) 전시작품 이미지 (5컷 내외) 1부 4) 을지로 아뜨리애 갤러리 대관조건 1부

신청인은 '을지로 아뜨리애 갤러리 대관조건'에 동의하며 위와 같이 대관을 신청합니다.

2023년 　12　 월 　20　 일

신청인 　최　성　복　 ㊞

서울시설공단 귀하

연리지

먼 해외 여행길
피오르를 배경으로
남편과 손잡고 찍은 사진을
오랜 친구에게 보냈더니
둘이 연리지 같다며 답장이 왔다

그런가
연리지가 되었나
사십 년 가까이 함께 살다 보니
뿌리가 같아진 걸까
순간 생각이 많아졌다

첫눈에 운명을 느낀 열정적 연애도 아니었고
그냥 순하고 웃음이 환한 사람
나와는 달리 항상 급한 거 없이
여유 있는 모습이
어느 날부터 내 마음을 움직였다

남산 밑 다방에 나란히 앉아
열띤 축구경기를 보다가
문득 옆모습이 참 예쁘다는 생각이 들었던 남자
숱 많은 머리칼을 가끔씩 쓸어올리던 남자
감색 양복이 잘 어울렸던 남자

이제
그 남자는
손녀들과 너무도 잘 놀아주는
최고의 할아버지가 되었고
내게는 둘도 없는 친구이자 든든한 보호자가 되었다

그러나
청춘에서 사십 년 가까운 삶이
어디 그리 녹록했으랴
때로는 서로에 대한 실망과 분노로
두 손 놓고 지치기도 했을 것이다

그래도 가슴 깊은 곳
오랜 시간이 만든 피오르처럼
서로에 대한 사랑과 믿음이 흐르고 있었기에
거친 바위를 거쳐 험한 세월의 계곡을 넘어
드디어 잔잔한 강물을 만나게 되었으리라

세월이 만든 연리지,
나이테 속엔 크고 작은
상처의 흔적들도 남아있겠지만
어느덧 하나의 뿌리로 합쳐져
손잡고 찍은 사진 속에서 환하게 웃고 있나 보다

오동도 동백꽃

구 본 희

떨어지는 건
꽃이 아니라
핏빛 절규다

숱한 나날의
그리움 끝에
지쳐버린 낙화

처절한 몸짓으로
추락한 후에도
기다림은 끝나지 않아

시들어 메말라
흙이 되어도
끝없이 피어나는 사랑

사랑은
바다 깊이 뿌리내린 채
가지 끝 붉게 피어나

불 타오르는
노을로 맺혀있다

2017. 1. 10.

어머니

김 봄

오랜 친구처럼
새벽을 향하여

뽀얀 머릿수건 둘러메고
아침 밥 냄새에
남아있는 설움들

가마솥 물동이
힘 쏟던 손때 묻은
흔적마다

불을 지피고
누룽지 닥닥 긁어 담아온
그리운 날

서산에 해 걸리면
호미 들고
밭을 향해 가는
문득문득 생각이 나는 날

그을린 얼굴에
듬뿍듬뿍 찍어 바르던
얼굴 발자욱
어머니

틈새 풀

송광/노진덕

틈새를 비집고 들어가
차마 숨조차 쉴 수 없는 좁은 곳이라도
그저 살아남을 수만 있다면
마다하지 않을 것인즉

포장길 갈라진 틈새에
한 톨의 씨앗이 겨우 비집어 뿌리 내리니
흔한 일인 양 대수롭지 않은 듯
세상사 다 그런 거라고

돌이켜 곰곰 살펴보니
기왕에 내린 뿌리 다지고 또 다져가며
쌩쌩 달리는 차 바퀴에 치여도
남아서 살아야만 했기에

화수동

박 혜 성

어디로도 가지 못한
어정쩡한 시간

동네를 떠나지 못한 바람은
깨진 유리창 너머 고여있고
버려진 사진 속에
앳된 웃음이 숨어있다

지워지지 않은 담벼락 낙서
골목마다
술래를 쫓아다녔던
내 그림자

백설 문방구 앞에는
흩어지지 못한 시절이
기웃기웃 모여 있고

뚜껑 없는 우물 안에
가뭇한 추억이 오래도록 잠겨 있다

* 화수동 ; 인천 동구 구도심 개발구역

기다리는 밑그림

마중물 성동제

낙엽 밟고 온다더니
봄인데 낌새 없어

기다림 마냥 지쳐
이제는 눈짓물이*

들려줄 고운 언어들
잊힐까 봐 눈물 나.

창 밖의 짙은 안개
님의 얼굴 지어내

거짓인 줄 알면서
미세기 냉큼 열어

안으로 앓는 그리움
낮자라서* 탈인가?.

짬짬이 두근거려

마중물 성동제

설렘 더욱 낫자라
건들마가 허적여

아픈 마음 더 아파
웃음 잃게 만들어

질거밥
앞에다 둔 채
지난 날을 곱씹다.

정 내어 가꾼 그 길
하염없이 떠올라

끝내는 방충맞이
허상마저 못 지켜

그 사람
고운 맨드리
허공 딛고 섰는데.

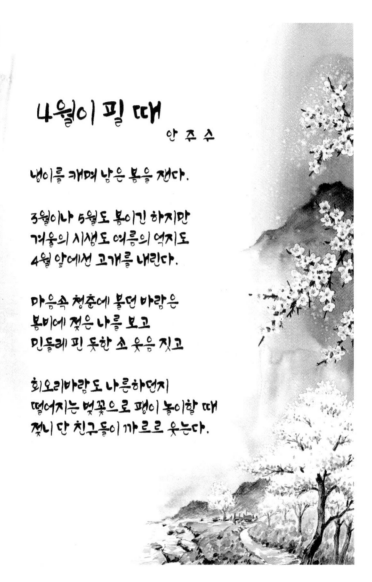

4월이 필 때

안 주 수

냉이를 캐며 남은 봄을 잰다.

3월이나 5월도 봄이긴 하지만
겨울의 시샘도 여름의 억지도
4월 앞에선 고개를 내린다.

마음속 청춘에 불던 바람은
봄비에 젖은 나를 보고
민들레 핀 듯한 소 웃음 짓고

회오리바람도 나른하던지
떨어지는 벚꽃으로 팽이 놀이할 때
젖니 단 친구들이 까르르 웃는다.

고구마와 지새우는 밤

범송 이철현

박스 안에 몇 개 남겨진 고구마에
밥알 같은 싸눈이 달려 있다.

어미 되려는 맘 애처로워
유리컵에 담가 주니
새 생명 틔우고자 안달이다

이른 봄 웅기 어디 가고
야경에도 쉼 없이 두둘기며
박동치는 모습 자랑스럽다

온기로 물 가득 채워주니
아기가 주먹을 불끈 쥐고 나오듯
새순과 하얀 뿌리 돋아난다

연두색에 하트모양 어린 싹들
거실 가득 햇살 찾아오니
줄기와 잎 일제히 그쪽 향해 휘어진다

어미 맘 헤아려 방향을 돌려줘도
밖으로 뛰쳐나갈 생각뿐
모심은 안타까워 잡은 손 놓지 못한다.

칠순의 나이에도 객지살이 자식 걱정하는
내 맘 같아서
깊은 밤 지새우며 곁을 지켜주네

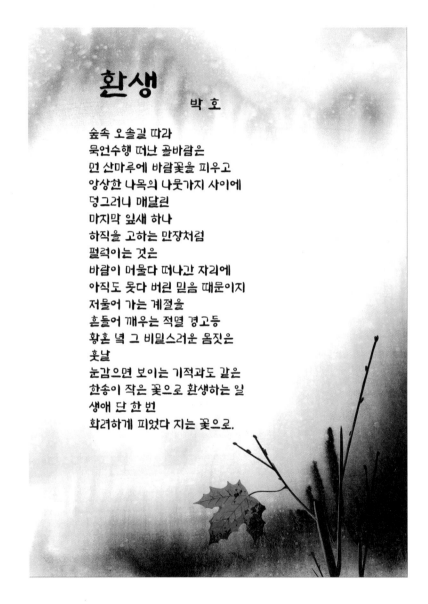

환생

박 호

숲속 오솔길 따라
묵언수행 떠난 골바람은
먼 산마루에 바람꽃을 피우고
앙상한 나목의 나뭇가지 사이에
덩그러니 매달린
마지막 잎새 하나
하직을 고하는 만장처럼
펄럭이는 것은
바람이 머물다 떠나간 자리에
아직도 못다 버린 믿음 때문이지
저물어 가는 계절을
흔들어 깨우는 적멸 경고등
황혼 녘 그 비밀스러운 몸짓은
훗날
눈감으면 보이는 기적과도 같은
한송이 작은 꽃으로 환생하는 일
생애 단 한 번
화려하게 피었다 지는 꽃으로.

봄철의 별자리

전광선

뒷산에 잎새 떨군 나무들
앞뜰엔 울긋불긋 향기 뿜던 꽃들이
남쪽 밤하늘에 다가오는
봄철의 별자리에 뒤설렌다*

목동자리 아크투루스
처녀자리 스피카
사자자리 데네볼라
봄의 대 삼각형이 반짝이면

겨우내 얼었던 뿌리
해동의 연통에 자비自備하고
가지마다 숨겨온 꽃봉오리
경쟁하듯 벙그는 봄날

어느 별
어느 행성에서
또 이처럼 활기찬
축제가 열릴까

우주의 교향악이 흐르는 뜨락에서
글을 쓰고
그림을 그리며
다스한 봄날의 햇살을 맞는다.

*뒤설렌다: 몹시 설렌다.

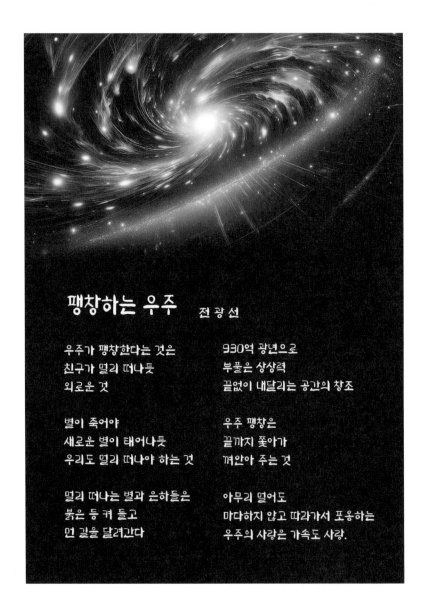

팽창하는 우주 전광선

우주가 팽창한다는 것은
친구가 멀리 떠나듯
외로운 것

별이 죽어야
새로운 별이 태어나듯
우리도 멀리 떠나야 하는 것

멀리 떠나는 별과 은하들은
붉은 등 켜 들고
먼 길을 달려간다

930억 광년으로
부풀은 상상력
끝없이 내달리는 공간의 창조

우주 팽창은
끝까지 쫓아가
껴안아 주는 것

아무리 멀어도
마다하지 않고 따라가서 포용하는
우주의 사랑은 가속도 사랑.

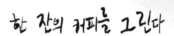

한 잔의 커피를 그린다

구담(龜潭) 허 성 복

커피 향기에 빠져
한 모금 맛을 그리고
상념의 세계에 나래 펼치고

커피 향기에 취해
나도 모르게 움직이는 손
어느덧 마음을 그리고 있네

웃음 속에 그리움이여
내가 그리다 잠든 그리움이여

웃음 속에 그리움이여
내가 그리다 잠든 그리움이여

커피 향기에 취해
나도 모르게 움직이는 손
어느덧 마음을 그리고 있네

웃음 속에 그리움이여
내가 그리다 잠든 그리움이여

나는 오늘도 한잔의 커피를 그린다

혼자만의 생일

구담(龜潭) 최성복

텅 빈 쌀쓸한 공간
케익에 하나 둘 촛불 피어오르면
살아온 수많은 나날들이
눈앞에 아른거리며 스쳐 지나갑니다.

마지막 촛불 붙이고
혼자만의 생일 축하 할 때면
보고 싶은 얼굴들이
하나하나 떠올라 봅니다.

하나같이 그리운 얼굴들
하나같이 보고픈 얼굴들
이제는 그리움으로
볼 수가 없는 추억의 얼굴

얼마만큼 더 지나야 마음속에 가득 찬
그리운 얼굴들이 떠날까요

지금, 이 순간
나에겐 다시없는 소중한 시간이지만

홀로 생일 케익에 불을 붙이고
혼자 생일 축하 노래를 부를 땐
그리움에 사무쳐 눈물만 흐릅니다

생일 축하합니다
나만의 생일을

생일 축하합니다
나만의 생일을

혼자만의 생일을

한계령

홍지은

저기,
구부러진 고갯길이
도시의 신호등처럼 겹치기로
물들어가는
평생 불어대는 거친 숨을
그저 참아내야 하는 외로운 날이면
재 넘어 파도 소리 따라
휘파람을 불 때도
젊은 날
철없던 어리석음을
내려놓아야 하는 능선이마다
늙어가는 것이 아니라
익어간다는
오색비단 노을이 부러워
덧없는 몸 내려놓기까지
가슴을 얼마나 쏠어내렸을
붉은빛 천지가 꽃인데
부질없이 아껴둔 그리움
와락, 와락 쏟아낸다.

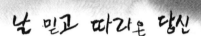

날 믿고 따르는 당신

황단영

감사하며 살아요
당신이 얼마나 외로운 삶이었는지
이제 알 것 같아요

무수히 많은 저 별들 중에
그 별 하나를 닮은 당신께 감사하며 살아요

이슬에 젖은 꽃반지 세 번째 손가락에 꾸며드리면
저녁이 되어서야 시든 꽃반지가
내 마음을 저미게 합니다

대성리 강가 달빛은
수줍은 듯 구름 속에 숨었다 나타나고 숨었다 나타나고
별빛이 지는 마시운 밤
하고픈 말 많은데
긴 세월 천천히 하자는 당신 눈빛이
사랑스럽습니다

올해도 어김없이 딸기밭에 봉선화가 자라고 있네요
작년처럼 당신의 손톱 물들여
봉선화 담홍색 사랑 피우렵니다.

제3회 가을 시화전 작품

깊어가는 어느 가을날

■제3회 가을 시화전 - 깊어가는 어느 가을날

시민들과 함께하는 시화전 한마당 축제
전시 계획서

1. 전시명 : 깊어가는 어느 가을 날
2. 전시 기간 : 2024. 11. 9.(1일)
3. 제안 사유 : 일상생활에서 문학인과 일반 시민들이 함께 숨 쉬는 축제가 없었고 항상 그들만의 잔치로 끝남이 아쉬웠던 마음에 일반 시민들이 평소 어렵게 만 느끼던 시를 편하고 쉽게 다가서기 위해 유명 현역 시인 및 현역 화가, 통기타 포크 음악인의 시화전 한마당 축제를 제안합니다.
4. 사업내용 :
 1) 주관자 및 후원자
   주관자 : 한국문학예술가협회 서울경기지회
          서울특별시 미래한강본부
   후원자 : 한강사업본부 망원한강공원
 2) 전시 분야 및 예상 작품 수량
 - 시인 시화 작품 및 화백 회화 작품으로 약 40편

3) 전시 장소

　한강사업본부 망원한강공원 야외무대

4) 전시 내용

- 시인 시화 및 현역 화백 회화 작품 전시

- 한국문학예술가협회 서울경기지회 시인 전시 시화 낭독 및 낭송시 동영상 배경음 활용

- 유명 통기타 포크송 가수 3팀 공연

- 일반 시민 시 백일장 체험 한마당 개최로 우수 작품 선정하여 한국문학예술가협회 주관으로 시인 등단 후원

- 전시작품 엽서 제작 시화전 홍보물 무료 배포

5. **사업효과** : 유명 현역 시인들의 시화 전시와 낭독으로 평소 어려워서 제대로 접하지 못했던 시의 세계를 현장에서 직접 만나고 대화 함으로써 외면받고 있는 문학과 잊혀져 가는 낭만의 통기타 포크 음악을 대중 속으로 파고들어 앞으로 지속적인 축제로 거듭나는 시와 통기타 포크 음악의 감성이 흐르는 한마당 축제의 시초가 될 것입니다.

　　한국문학예술가협회 서울경기지회

　　　회장 성 동 제

　　　2024년 09월 27일

어머님 전 상서

어머니의 소녀를 짐작해 보건대,
색동저고리에 예쁜 코고무신 신고
손톱 마다마다 봉선화 물들이고
봄 땅 뚫는 새싹에는 가슴이 부풀고
때로는 풀잎 이슬에도 눈시울 붉히며
저만치 총각 기척에 마음 설레던
그때의 감상에 가슴이 콩닥거리시나요?

꿈 많고 곱디곱던 한창나이 스물 때,
애지중지 살펴준 부모님 떠나서
낯선 집에 들어가 시부모 봉양하고
지아비 섬기면서 아들 낳고 딸 낳고
가슴속에 따리 른 아픈 속살 매어주던
세월에 묻혔던 감회가 새록새록
지금도 어머니의 엄마 품이 그리우시나요?

쓴 살을 타신 어머니의 세월 곁에서,
지지배배 지지배배 초라한 재롱에도
마냥 행복하기만 하시다는 어머니께
어머니의 소녀를, 어머니의 엄마를
숨겨둔 어머니만의 아쉬운 인생을 여쭙고
가끔 어머니의 비밀을 훔쳐 엿보면서
어머니만을 위한 어머니의 일상을 축원합니다.

송광/노진덕

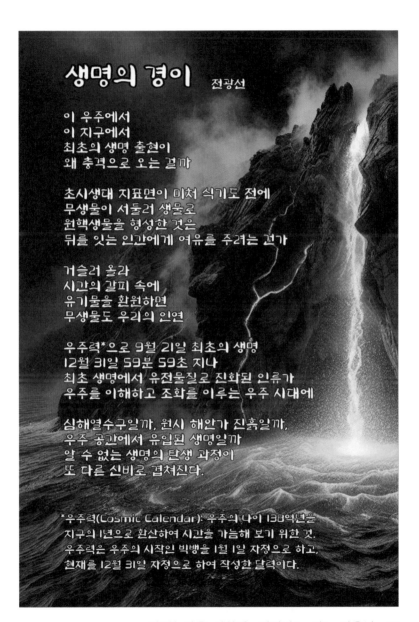

생명의 경이 전광선

이 우주에서
이 지구에서
최초의 생명 출현이
왜 충격으로 오는 걸까

초시생대 지표면이 미처 식기도 전에
무생물이 서둘러 생물로
원핵생물을 형성한 것은
뒤를 잇는 인간에게 여유를 주려는 건가

거슬러 올라
시간의 갈피 속에
유기물을 환원하면
무생물도 우리의 인연

우주력*으로 9월 21일 최초의 생명
12월 31일 59분 59초 지나
최초 생명에서 유전물질로 진화된 인류가
우주를 이해하고 조화를 이루는 우주 시대에

심해열수구일까, 원시 해안가 진흙일까,
우주 공간에서 유입된 생명일까
알 수 없는 생명의 탄생 과정이
또 다른 신비로 겹쳐진다.

*우주력(Cosmic Calendar): 우주의 나이 138억년을
지구의 1년으로 환산하여 시간을 가늠해 보기 위한 것.
우주력은 우주의 시작인 빅뱅을 1월 1일 자정으로 하고,
현재를 12월 31일 자정으로 하여 작성한 달력이다.

야생화

정해용

야생화는 서서 보지 말고
앉아서 보아야 한다.
수줍은 듯 구석에 다소곳이
고개를 숙이고 있기에

몸을 낮추고
살포시 쳐다보아야만
해맑은 얼굴을
바라볼 수 있다.

어제는 소나기가 내려
갸녈픈 동자꽃잎에
많은 흠집이 만들어졌다.

할비! 정해용

뒤뚱뒤뚱 좌우로 흔들리며
낙엽 떨어진 아파트 광장 천방지축 달린다.
방향 바꾸어 놓아도 팔랑팔랑 날아다닌다.
우우~ 외래어로 괴성 지르며 한쪽 팔 흔들며 나풀나풀 달린다.

독감으로 밤새 칭얼대다 새벽녘 고열로 잠 깨서 머리 쥐어 잡고
기저귀 찬 엉덩이 들어 올려 떼굴떼굴 작은 요에서 뒹군다.
오로지 맘마! 외치며 신음한다‥‥

물을 삼키다가 목이 부어 아파 울어 댄다.
그래도 아이스크림을 주면 울면서 먹는다
아파서 울고, 달콤해서 운다.

이게 뭐야! 이게 뭐야! 어설픈 단어로 겨우 숨쉬며
열이 내렸는지 헤시시 얼굴에 미소가 번진다.

시커먼 어둠 가시기 전 서재 문 바시시 열고 할비! 노래하며
무릎에 기어올라 컴퓨터 자판기 위에 찌그만 손가락으로 춤을 춘다.

커다란 잠자리 타고 미국 텍사스로 날아갔다
한 손엔 과자 한 손엔 토끼 인형 들고
왜 잠자리를 타는지도 모르면서 손을 흔든다.
출국장으로 뒤뚱뒤뚱 멀어지면서‥‥

한국문학예술가협회 서울경기지회

임원

회 장	성동재
수석부회장	연주수
사무국장	최성복
재무간사	박순영
홍보간사	홍지은
감 사	전광선, 박영순

시화 출품 회원

김 봉	어머니
강예숙	그윽한 천하
구본희	연리지 외4
노진덕	틈새 풀 외3
박순영	기도 외
박영순	마음의 날개
박혜성	화수동 외2
박 호	환생
성동재	기다리는 밑그림 외3
연주수	단풍 외2
이철현	여자도 어머니는 외2
전광선	저녁별 외4
정해용	야생화 외2
조두환	너를 그린다
최선동	단초
최성복	붉은노을 외4
홍지은	파 꽃 외2
황달영	날 믿고 따르는 당신 외3

깊어가는 어느 가을 날

일시
2024.
11. 12(화)
오프닝 11. 12(화) 오전 11시

장소 : 한강사업본부 망원한강공원 여의무대
(서울 마포구 마포나루길 467
한강공원망원지구)

주최 한국문학예술가협회 서울경기지회
전초출연 마음과마음 주영 키보어스프랜즈
나우누리

한국문학예술가협회 서울경기지회
문의 : 010-2489-3004, 010-5684-1725

초대합니다

유명 현역 시인 및 현역 수필가, 현역 화가,
유명 음악인의 시화전 및 공연으로
시 와 음악이 어우러지는 축제 한마당 으로
여러분을 초대합니다.

유명 현역 시인들의 시화 전시와 낭독으로,
평소 어려워서 제대로 접하지 못했던
시의 세계를 현장에서 직접 만나고
대화 함으로써 외면받고 있는 문학과
잊혀져 가는 낭만의 악 발라드 와 통기타
포크 음악을 대중 속으로 파고들어 앞으로
지속적인 시 와 음악이 흐르는 축제로
거듭나는 시와 악 발라드, 통기타 포크 음악의
감성이 흐르는 한마당 축제가 될 것입니다.

회장 성동재

*2024 한국문학예술가협회
서울경기지회
깊어가는 어느 가을 날 찬조출연*

사회 : 가수 강가원 이정선

1부 오프닝 (11:00 ~ 12:00)
- 어느 색소폰 연주　　　　정해용 시인
- 어느 인사말　　　　회장 성동재 시인
- 내빈 소개
- 환영사　　　　이철현 시인
- 축사　　　　조두환 시인
- 시낭송　　　부회장 안주수 시인
- 시노래　　사무국장 최성복 시인
- 시낭송　　　　전광선 시인
- 시낭송　　　　황달영 시인

2부 축하무대 및 시낭송 (13:00 ~ 16:00)
- 마음과마음(입석범 채유정) 가수 축하무대
　1) 그대였군예
　2) 고마워 고마워
　3) 둘이서 공덕지
　4) 그대와 함께라면(산곡)
- 시낭송　　　　조두환 시인
- 시낭송　　　　박 호 시인
- 시낭송　　　　이철현 시인
- 주영 가수　　　　축하무대
　1) 여자니까
　2) 초예
　3) 사랑아 가자
- 시낭송　　　　노진덕 시인
- 시낭송　　　　서은순 시인
- 시낭송　　　　박순영 시인
- 나무누리(경기 김경선) 가수 축하무대
　1) 행여 내고향 가거든
　2) 마당에 그린고향
　3) 서울엔 그리고 지금은
- 시낭송　　　　정해용 시인
- 시낭송　　　　김예숙 시인
- 시낭송　　　　최성복 시인
- 키보어스프랜즈(오정숙 김선 오영숙) 축하무대
　1) 정든배
　2) 세월길 인생길(신곡)
　3) 해변으로가요
- 닫는 시낭송　　　　홍지은 시인

66_ 깊어가는 어느 가을날

제3회 가을 시화전 작품

깊어가는 어느 가을날
행사 참여 가수

▲ 참여 가수 단체 사진

1. 가수 마음과 마음

마음과 마음(임석범/채유정)

1985년 mbc 강변가요제에서 「그대 먼 곳에」로 대상 수상 데뷔
작사와 작곡을 하는 싱어송라이터로 정규앨범 4장과 싱글 음원을 발
표, 리메이크앨범과 애니메이션 주제가 참여
최근엔 소규모 공연을 중심으로한 포크음악 알리기에 힘쓰고 있다.
최근 발표곡 : 「고마워 고마워」, 「둘이서 콩깍지」, 「그대와 함께라면」

설레임

작사/채유정 작곡/임석범

처음만난 그 자리로 나는 돌아 가겠소 처음
느낌 그대로를 나는 정말 사랑하오
세월이 흐른다 해도 나는 그 댈 잊지 못하오 가슴
속의 아픔은 내 사랑의 까닭이요 이 모든
걸 사랑하오 내 곁에 없다 하여도 언제
라도 언제라도 나는 잊지 않겠소
떠나가던 그대가 흘리던 눈물은 나를
그 대 곁에 묶어 버렸소 그 어떤

마음과마음

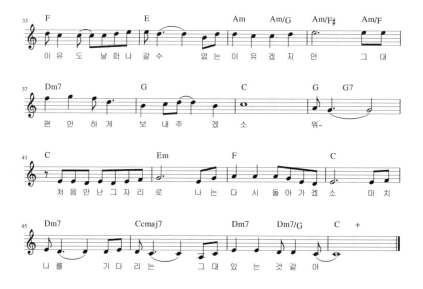

이 유 도 날 떠 나 갈 수 없 는 이 유 겠 지 만 그 대

편 안 하 게 보 내 주 겠 소 워~

처 음 만 난 그 자 리 로 나 는 다 시 돌 아 가 겠 소 마 치

나 를 기 다 리 는 그 대 있 는 것 같 아

2 　　　　마음과마음

고마워 고마워

마음과마음

끝없는 희생이고 마워 ~ ~ 언제나 언제나

따뜻한 사랑이고 마워 ~ ~ 힘겨운 새상에

우리를 지켜 준 당 신 나는 행복해 나는

행복해 우린 행 ~복해 ~ ~ 나 는

행 복해 나 는 행 복해 우린 행 ~복해 ~ ~

76_ 깊어가는 어느 가을날

둘이서 콩깍지

작사 채유정
작곡 김성남

우리 둘이 함께 살면 누구보다 어울릴꺼야

처음부터 반해버린 내 심장이 쿵 쿵뛰던 그 날

넓고 넓은 세상에서 많고 많은 사람들 중에
소슬바람 불어와도 따뜻하게 감싸줄 거야

사실은 이상형은 아니었지만 웬~~지니가 좋더라
둘이서 단둘이서 만들어 가는 인생 극장 개봉박~두

언젠가는 익숙한 일상에 서로가 시들할 때 잠
언젠가는 주름진 얼굴로 거울 보기 싫을 때 아

시 눈을 감고 뒤돌아 본다 면 따 그
직 당신 예뻐 아직 당신 멋 져 평

뜻 한 미소 로 살 며 시 웃게 될 거 야
누 가 뭐 래 도 둘 이 서 행 복 할 거 야
생 을 그 렇 게 콩 깍 지 쓰 고 살 거 야
난 너 만 사 랑 할 거 야

그대 먼곳에

노래: 마음과 마음
작사: 박형국
작곡: 박형국

최성복

78_ 깊어가는 어느 가을날

제3회 가을 시화전 행사 참여 가수 _79

그대와 함께라면

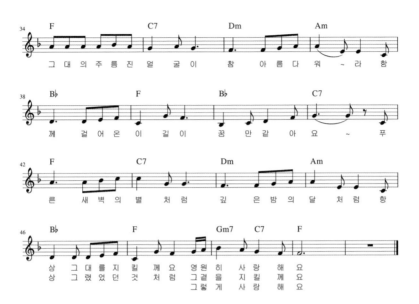

2. 가수 주영

주영

1집 「초 애」
2집 「여자니까」

싱글 음원을 발표하였고 공연 등을 통하여 활발한 활동을 하고 있다.

제3회 가을 시화전 행사 참여 가수 _83

43746

86_ 깊어가는 어느 가을날

초 애

가 슴만 태워가며 살 아 요

88_ 깊어가는 어느 가을날

사랑아 가자

www.musicscore.co.kr

한아름 작사
박현진 작곡
한혜진 노래

3. 가수 Keyboys & Girl

Keyboys & Girl

Keyboys & Girl은 키보이스의 오정소, 김 선 두 분과 준시스터즈의 오영숙 님이 결성하여 활동하는 그룹입니다.
* 키보이스 : 1960~70년대 활동한 한국의 5인조 록 밴드(그룹사운드)
「바닷가의 추억」, 「해변으로 가요」, 「정든 배」 등 주옥같은 명곡을 남긴 키보이스 2기 멤버로 오정소, 김 선, 두 분이 현재 활동 중
* 준시스터즈 : 팀 이름은 영어로 'JUNE'으로 멤버 두 명 모두 6월에 태어난 공통점이 있어 붙인 이름이다. 1969년 결성한 이 팀은 사촌자매인 언니 오미숙, 동생 오영숙으로 구성되었다.
신곡 : 「세월길 인생길」

제3회 가을 시화전 행사 참여 가수 _93

정 든 배

www.musicscore.co.kr

김영광 작사
김영광 작곡
나훈아 노래

정든배 1

멀 어 져 가 네   사 라 져 가 네
멀 어 져 가 네   사 라 져 가 네

정 든   내   님 은 떠 나 간 다
정 든   내   님 은 떠 나 간 다

정 든   내   님 은 떠   나 간   다

정 든   내   님 은 떠   나 간   다

세월길 인생길

기나영·작사
나유성·작곡

내게도 한 시절 있었습니다
웃음꽃 눈물꽃 피던
당신도 그런시절 있었겠지요
물 처럼 흘러간세월 걸어
왔 던 길 걸어가 는 길
세 월의 무게더라 살아
왔 던 길 살아가 는 길
인 생의 무게더라
쉼 없이 헤매었던날 들아
천 만 년 사 는 것 도 아 닌 데
누 구 를 위 해 서 무엇을위해서 먼
길 을 걸어왔는 가
길 을 달려왔는 가

D.S. al Fine

해변으로 가요

1338

나 는 나 는 행 복 에   묻 힐 거 예 요

98_ 깊어가는 어느 가을날

4. 가수 나우누리

나우누리(강기원/김정선)

MBN 나는 자연인이다 OST 외

최근 발표곡:
행여 내 고향 가거든
마당에 그린 고향
처음엔 그리고 지금은

행여 내고향 가거든

작사:강기원
작곡:강기원

행여내 s 고향 가거든 이몸에 말을 전해주

내걱정하 실 부모님 씨름겨루 던 친구들 모두모두 그
참외밭사 이원두막 조개잡 던 시냇물

럽 s 다고 말전해 주오 내외로운 몸은 고향가 고
내외로운 꿈은 고향가 있

파도 성공하 기 전엔 갈수없 노라고 내말전해주시구려
어도 이몸은 아 직도

행여내 고향 가 거든

이몸의 말을 전해주

마당에 그린 고향

작사 강기원
작곡 강기원

처음엔 그리고 지금은

작사 김정선 강기원
작곡 강기원

시화전 행사

이모저모

□ 시화전 행사 이모저모

▲ 개회식 사회

▲ 개회식 축하연주

▲ 개회사 - 성동제 회장

▲ 환영사 - 이철현 시인

▲ 축사 - 조두환 시인

▲ 시낭송 - 안주수 부회장

▲ 시노래 - 최성복 사무국장

▲ 시낭송 - 황달영 시인

▲ 시낭송 - 박호 시인

▲ 시낭송 - 서은순 시인

▲ 시낭송 – 노진덕 시인

▲ 시낭송 – 박순영 시인

▲ 시낭송 - 홍지은 시인

▲ 시낭송 - 전광선 시인

▲ 폐막식 - 폐막 선언

▲ 시화전 행사 무대

▲ 시화전 이모저모

▲ 시화전 야외 전시장

▲ 시화전 이모저모

▲ 시화전 이모저모

▲ 시화전 이모저모

▲ 시화전 이모저모

▲ 시화전 이모저모

▲ 시화전 이모저모

▲ 시화전 이모저모

▲ 시화전 단체 기념 사진

▲ 시화전 이모저모

한국문학예술가협회

서울 경기 지회 회원 명단

□ 한국문학예술가협회 서울 경기지회 회원 명단

● 구 본 희

* 수도여자사범대학교 국어국문학과 졸업
* 2020년 국어교사로 정년퇴임
* 한국교원단체총연합회 교권, 교섭위원 역임
* 서울교원단체총연합회 부회장 역임
* 2022년 '문학예술' 시 부문 등단
* 한국문학예술가협회 서울경기지회 회원

● 김 애 숙

* 2021년 가을 문학예술 시부문 신인상
* 2023년 봄 수필부문 당선

● 노 진 덕

* 행정학박사
* 사단법인 한국체육문화인성협회 이사장
* 전)교육부 교육행정공무원
* 전)대진대학교 행정학과 초빙교수
* 전)서정대학교 사회복지행정학과 겸임교수

● 박 순 영

* 수필문학 수필 및 문학예술 시부문 등단
* 한국문학예술가협회, 한국수필문학가협회
  한국미술협회, 일본신전 회원,
* 아시아미술초대전 운영위원
* 건축디자이너, 화가
* 화문집 내마음에 피는 꽃 외 다수

● 박 혜 성

* 수도여자사범대학교 국어국문학과 졸업
* 2020년 국어교사로 정년퇴임
* 2021년 가을 문학예술 시부문 신인상

● 박 호

* 연세대학교 졸업.
* 계간 《문학예술》 시부문 등단.
* 한국문인협회 회원. 한국문학예술가협회
  서울·경기지회 고문 역임.
* 시집 및 문예지에 다수 시작품 발표.

● 서 은 순

* 한국문인협회회원, 문학예술회원
  순수문학인협회회원, 글빛동인회원
* 제17회 영랑문학상 우수상 수상
* 시집: 나비의 춤(등단), 파랑새는 없다

● 성 동 제

* 문학예술 시, 시조, 수필, 소설 4개 부문 신인상 등단
* 문학계 역사상 4개 부문 수상자로는 처음
* 빙싯 웃고 말래 외 34권 시집 발간
* 현 한국문학예술가협회 서울 경기지회 회장

● 안 주 수

* 문학예술사 2014 신인상으로 등단
* 문학예술사협회 중앙위원 및 서울·경기지역 부회장
* 한국문인협회. 문학 시대·한맥문학. 한국사 이번 문예 협회 회원
* 시집 : 가슴의 씨앗 · 나이도 싹이 튼다

● 이 철 현

* 안산시청 복지환경국장, 한양대학교 겸임교수
* 한국문학예술가협회 서울·경기지회 회장,
* 문협남북문학교류위원회 기획실장 역임.
* 현재 (사) 굿파트너즈 업무총괄
시집 : 자연과 인간, 그 존재론적 온도계 외

●전 광 선

* 육군사관학교 졸업, 서울대 공대 졸업
* 육군통신학교 교리처장, 대통령경호실 통신처장, 한국통신기술(주) 대표이사
* 『문학예술』 신인상, 화랑대문학상 수상
* 한국문학예술가협회 감사, 화랑대문인회 이사
* 시집 『우주를 산책하며』 (2021)

● 정 해 용

 * 해양계 대학 기관학과 졸업 (1급 기관사)
 * 현대상선 기관장으로 정년, 송출선사 기관
장 승선
 * 2016년 『문예예술』 시 부분 등단

● 조 두 환

*현 건국대 명예교수. 〈문학예술〉등단(작가
상),
*한국문학비평가협회 작가상, 한국기독시인협
회 문학상,
*시집 『중랑천 근방』(1975) 외 6권 기〉
 외 다수의 학술논저서 및 번역서

● 최 성 복

 * 계간 문학예술 2019년도 시 부문 등단
 * 전) 한국전기공업협동조합 교육개발원 전문
  위원,
 * 중전기기설계실무 강사, 한국문학예술가협
  회 회원, 동 협회 서울.경기지회 사무국장

● 홍 지 은

 * 경기 용인 출생. 시인. 수필가
 * 한국문인협회. 국제펜클럽 회원. 문학예술서
  울경기지회 부회장. 은평문인협회 사무국장.
 * 연암문학상. 영랑문학상 수상
 * 시집 「삶이 가시가 돋아」, 「숨바꼭질」
「세월을 떼어 내며」 출간.

● 황 달 영

* 『문학예술』 신인상 시부문
  수필 부문 수상 등단
* (사)한국생활음악연주가협회 회장
* 한국문학예술가협회 운영위원 및 동협회
서울 경기지회 이사
* 시집 및 문예지 다수 작품 발표

■ 한국문학예술가협회 서울 경기지회 시화전 작품집

깊어가는 어느 가을날

인 쇄 일   2024년 12월 31일
발 행 일   2024년 12월 31일
지 은 이   성 동 제 외
펴 낸 이   한 주 희
펴 낸 곳   도서출판 글벗
출판등록   2007. 10. 29(제406-2007-100호)
주   소   경기도 파주시 와석순환로 16, 905동 1104호
          (야당동, 롯데캐슬파크타운)
홈페이지   http://cafe.daum.net/geulbutsarang
E - mail   pajuhumanbook@hanmail.net
전화번호   031-957-1461
팩   스   031-957-7319
정   가   15,000원

ISBN 978-89-6533-291-6 04810